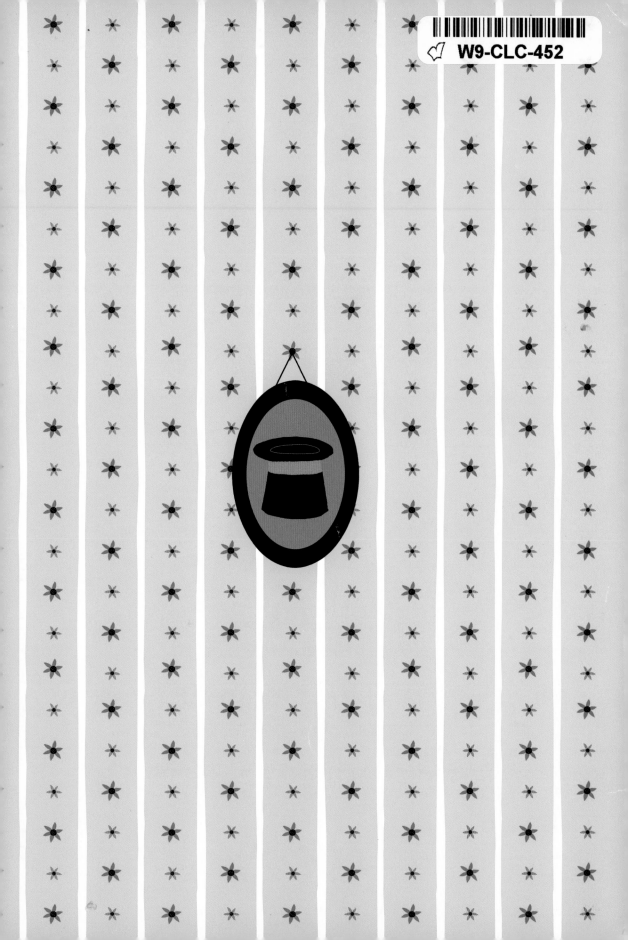

EDICIONES
ekaré

Edición a cargo de Verónica Uribe
Diseño: Ana Palmero

Segunda edición, 2014

© 2012 Verónica Álvarez, textos
© 2012 Mariana Ruiz Johnson, ilustraciones
© 2012 Ediciones Ekaré

Av. Luis Roche, Edif. Banco del Libro, Altamira Sur
Caracas 1060, Venezuela

C/Sant Agustí 6, bajos. 08012 Barcelona, España

www.ekare.com

ISBN 978-84-939138-3-0 • Depósito Legal B.26382.2013

Impreso en China por South China Printing Co. Ltd.

Ediciones Ekaré

conejo y sombrero

Verónica
Álvarez

Mariana
Ruiz
Johnson

Esta es la historia de un conejo
de orejas largas, no muy viejo,
que iba tranquilo caminando,
buscando frutas y cantando.

No sé si estaba muy perdido,
sin rumbo fijo, distraído,
pero de pronto tropezó,
tal vez por torpe, pienso yo,
con un sombrero negro y fino,
¡muy elegante, muy divino!

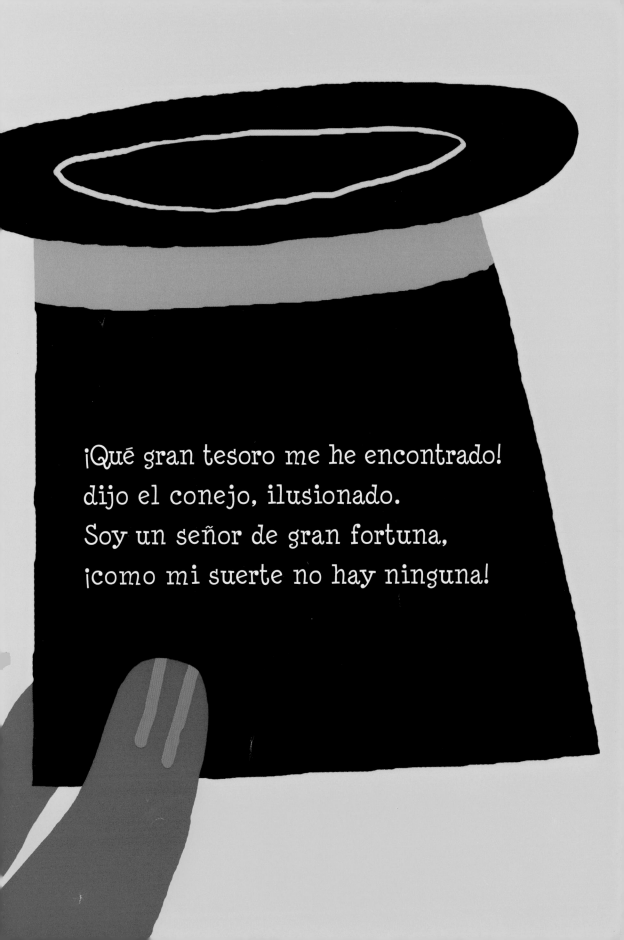

¡Qué gran tesoro me he encontrado!
dijo el conejo, ilusionado.
Soy un señor de gran fortuna,
¡como mi suerte no hay ninguna!

¡Es muy coqueto y elegante!
¿Será tal vez de algún cantante?
Es tan precioso y excelente,
¡que puede ser del presidente!
¿Me atreveré a meter la mano?
Tal vez me encuentre algún enano.

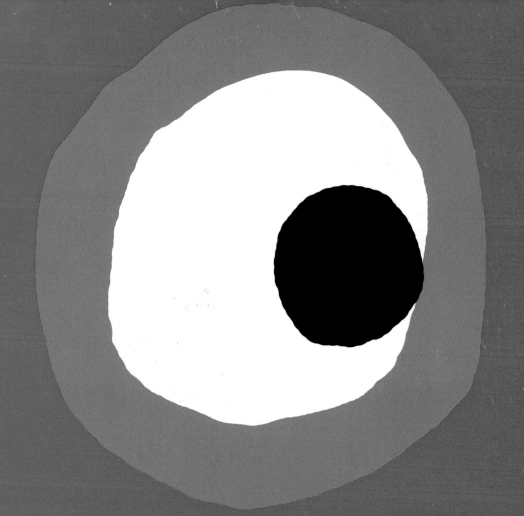

Y así el conejo, muy valiente,
metió la mano y de repente,
salió un desfile de animales
y aquí les enumero cuáles:

Salió primero una gallina
que se llamaba Valentina.

Detrás venían dos jirafas
con traje negro, moño y gafas.

Después se asoma un elefante,
gran escritor y dibujante.

Detrás salieron tres ositos,
peludos, tiernos, muy bonitos.

Salió de última saltando,
y a todo el mundo saludando,
una hermosísima coneja
de moño azul en una oreja.

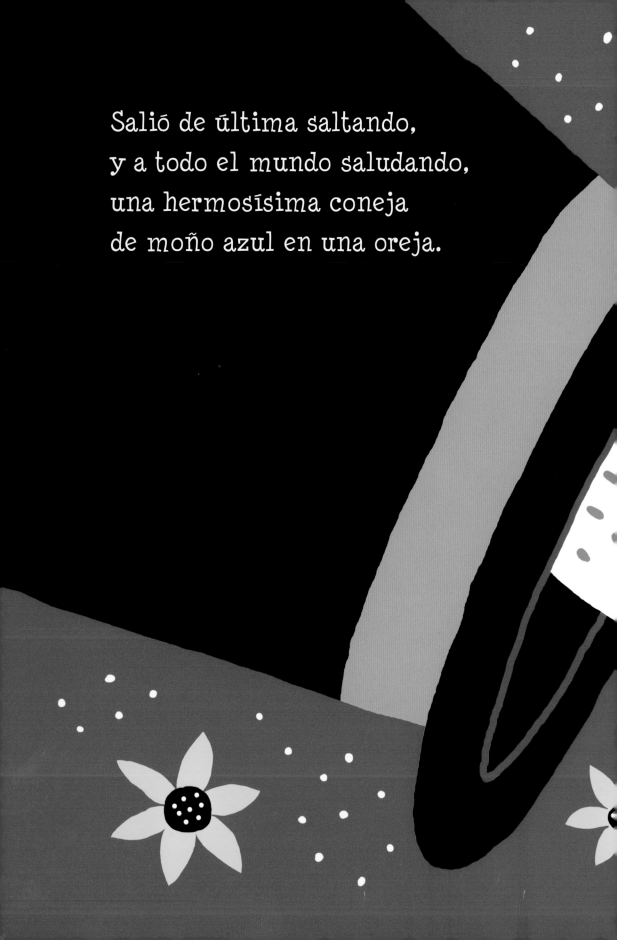

Y qué emoción sintió el conejo,
quedó feliz, quedó perplejo.
Le daba besos encantado,
completamente enamorado.
Le dijo, dándole una rosa,
¿te gustaría ser mi esposa?

Y la coneja muy atenta,
poniendo cara de contenta,
le dijo: ¡bueno, qué demonios!
Ahora mismo hay matrimonio.

Después, con todos los amigos
que les sirvieron de testigos,
armaron boda y celebraron,
hicieron brindis y bailaron.

Así el conejo y la coneja
vivieron juntos en pareja,
llenos de abrazos y de amores
y conejitos por montones.

Y cuando cae un aguacero
se meten todos al sombrero.

Así termina la historia
del conejo y el sombrero;
tendrá muy buena memoria
quien se la aprenda primero.